A Léitheoir dhil,

Ábhar mórtais dom mar Eagarthóir Sraithe agus mar dhuine d'údair Open Door, réamhrá a scríobh d'Eagráin Ghaeilge na sraithe.

Cúis áthais í d'údair nuair a aistrítear a saothair go teanga eile, ach is onóir ar leith é nuair a aistrítear saothair go Gaeilge. Tá súil againn go mbainfidh lucht léitheoireachta nua an-taitneamh as na leabhair seo, saothair na n-údar is mó rachmas in Éirinn.

Tá súil againn freisin go mbeidh tairbhe le baint as leabhair Open Door dóibh siúd atá i mbun teagaisc ár dteanga dhúchais.

Pé cúis atá agat leis na leabhair seo a léamh, bain taitneamh astu.

Le gach beannacht,

Patricia Scanlan.

Patricia Scanlan

JOHN CONNOLLY

CAILLEACHA UNDERBURY

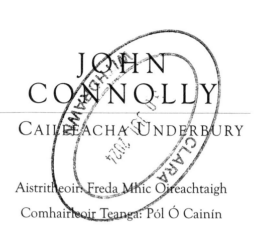

Aistritheoir: Freda Mhic Oireachtaigh

Comhairleoir Teanga: Pól Ó Cainín

Rugadh John Connolly i mBaile Átha Cliath i 1968. Tá 8 leabhar scríofa aige, ina measc *Every Dead Thing* agus *Black Angel*. Foilsíodh an t-úrscéal is deireanaí aige *The Book of Lost Things* in 2006.

NEW ISLAND *Open Door*

Cailleacha Underbury
D'fhoilsigh New Island é den chéad uair in 2007
2 Bruach an tSrutháin
Bóthar Dhún Droma
Baile Átha Cliath 14
www.newisland.ie

Tá taifead chatalóg an CIP don leabhar seo ar fáil ó Leabharlann na
Breataine.

ISBN 978-1-905494-67-5

Is le maoiniú ón gComhairle um Oideachas Gaeltachta agus Gaelscolaíochta
a cuireadh leagain Ghaeilge de leabhair Open Door ar fáil

 An Chomhairle um Oideachas
Gaeltachta & Gaelscolaíochta

Tugann an Chomhairle Ealíon (Baile Átha Cliath, Éire) cúnamh airgeadais
do New Island.

A hAon

Thit ceo agus gal anuas ar ardán an stáisiúin ag Underbury agus rinne siad taibhsí liatha de na fir agus de na mná. De bharr an cheo bhí baol ann go dtitfeadh daoine i measc na gcásanna agus na mboscaí móra taistil mar a thitfeadh créatúr isteach i ngaiste. Bhí an oíche ag éirí níos fuaire. Cheana féin, bhí clúdach éadrom seaca le feiceáil ar dhíon oifig na dticéad. Sa seomra feithimh, bhí boladh deannach dóite as na téitheoirí ach d'fhan na daoine gar dóibh. D'ól cuid de na daoine tae ó ghnáthchupáin agus d'ith siad bunóga crua ó sheanphlátaí. Thosaigh leanaí tuirseacha ag caoineadh i mbaclainn tuismitheoirí traochta. Rinne seanfhear iarracht labhairt le beirt shaighdiúirí in éide. Bhí na saighdiúirí ar a mbealach go dtí an Fhrainc, agus b'fhéidir go dtí a mbás, agus mar sin, ní raibh fonn cainte orthu. Níor bhac an seanfhear níos faide.

Bhí feadóg mháistir an stáisiúin le cloisteáil san atmaisféar gruama. Chas sé a lampa go hard os a chionn agus thosaigh an traein ag bogadh ar aghaidh go mall. Bhí beirt fhear ina seasamh ar an ardán. Níorbh as Underbury ó dhúchas iad. Bhí bróga na cathrach orthu agus bhí siad ag iompar málaí troma. Bhí duine acu níos mó agus níos sine ná an duine eile. Bhí hata babhlaer ar a cheann; bhí scairf thar a bhéal agus a smig; bhí a chóta donn caite ag na muinchillí; bhí a chuid bhróga déanta ar mhaithe le compord amháin.

Bhí an fear eile níos lú. Bhí cóta fada dubh air. Ní raibh hata air. Bhí súile an-ghorma aige. Sa solas ceart d'fhéadfadh a rá go raibh sé dathúil.

"Níl aon duine ann le fáilte a chur romhainn, mar sin, a dhuine uasail," arsa an fear níos sine. Arthur Stokes an t-ainm a bhí air. Bhí sé bródúil as bheith ina sháirsint ar bhleachtairí san fhórsa póilíní ab fhearr ar domhan ag Scotland Yard.

"Ní maith le muintir na háite cabhair a ghlacadh riamh ó Londain," a dúirt an póilín eile. Burke an t-ainm a bhí air. Cigire ba ea é. "Bheadh duine amháin dona go leor. Ach caithfidh nach mbeadh siad in ann cur suas le beirt againn ar chor ar bith."

Tháinig siad amach as an stáisiún go dtí an bóthar lasmuigh. Bhí fear ann in aice le seancharr dubh ag fanacht leo.

"Sibhse na fir as Londain, nach sibh?" a dúirt sé.

"Is sinne," arsa Burke. "Agus cé tú féin?"

"Is mé Croft. Chuir an constábla anseo mé faoi bhur gcoinne. Tá sé gnóthach faoi láthair. Bíonn na nuachtáin ag glaoch air i gcónaí."

Bhí cuma fheargach ar Bhurke. "Dúradh leis gan labhairt leis an bpreas go dtí go sroichfimis an áit seo," a dúirt sé.

Shín Croft amach chun a málaí a thógáil.

"Ní mór dó labhairt leo chun a insint dóibh nach féidir leis labhairt leo," a dúirt sé.

Chaoch Croft súil ar Bhurke. Ní fhaca an Sáirsint Stokes aon duine ag caochadh ar an gcigire riamh roimhe sin. Ní raibh sé cinnte gur cheart do Chroft triail a bhaint as.

"Tá an ceart agat, a dhuine uasail," arsa an Sáirsint Stokes go tapa. Ní raibh sé ach deich nóiméad sa sráidbhaile. Níor theastaigh troid uaidh fós.

"Cén taobh lena mbaineann tusa, a sháirsint?" arsa Burke.

"Taobh an dlí agus an chirt, a dhuine uasail," arsa Stokes. "Taobh an dlí agus an chirt."

Bhí eagla ar mhuintir na hEorpa roimh chailleacha le breis agus trí chéad bliain. Thosaigh an eagla i lár an cheathrú haois déag. Chríochnaigh sí le bás Anna Goldi sa tSualainn sa bhliain 1782. Ba í Anna an bhean dheireanach a crochadh san Eoraip mar chailleach.

Cuireadh chun báis idir caoga míle agus céad míle duine ar fad. Mná ba ea an chuid is mó acu agus bhí an chuid is mó acu sean bocht. Níor bhain dlí Shasana an choir Asarlaíocht de na leabhair go dtí 1736. Sin beagnach céad fiche bliain tar éis bhás an triúr ban mar Chailleacha Underbury.

A Dó

Thiomáin Croft an bheirt phóilíní
isteach i sráidbhaile Underbury. Thóg
siad dhá sheomra te os cionn an tí
tábhairne. Bhí béile acu agus ansin
tugadh an bheirt bhleachtairí chuig an
adhlacóir áitiúil. Bhí dochtúir an
tsráidbhaile ag fanacht leo. Is é Allinson
an t-ainm a bhí air. Bhí póilín an
tsráidbhaile in éineacht leis. Is é an
Constábla Waters an t-ainm a bhí
airsean. Duine óg ba ea Allinson. Bhí
iarracht de shiúl bacach aige toisc go
raibh polaimiailíteas air nuair a bhí sé ina

leanbh. De dheasca an pholaimiailítis ní fhéadfadh sé freastal san arm sa Fhrainc. Chonacthas do Bhurke gurbh é gnáthphóilín an tsráidbhaile é Waters. Bhí sé mall gan a bheith cúramach agus cheap sé go raibh sé níos cliste ná mar a bhí dáiríre. Thaispeáin an t-adhlacóir an corp dóibh a bhí ar an leac aige.

Corp d'fhear sna daichidí luatha a bhí ann. Bhí aghaidh liath air. Bhí boladh lofa as agus mhothaigh na fir é. Bhí gearrthacha fada trasna ar a aghaidh, ar a chliabh agus a bholg. Bhí na créachtaí go domhain. Chonaic na fir a phutóga.

"Malcolm Trevors an t-ainm a bhí air," a dúirt Waters. "Mal a tugadh air de ghnáth. Fear singil, gan aon chlann."

"D'ainm don diúcs," a dúirt Stokes. "Tá cuma air gur ionsaigh ainmhí fiáin é."

D'inis Burke don adhlacóir go bhféadfadh sé imeacht. D'fhág an fear beag gan focal a rá. Chomh luath agus a dhún sé an doras chas Burke i dtreo an dochtúra.

"An ndearna tú scrúdú air?" a d'fhiafraigh sé de. Chroith Allinson a cheann. "Ní dhearna go hiomlán; d'fhéach mé ar na gearrthacha áfach."

"Agus."

"Má rinne ainmhí é, ní fhaca mé a leithéid riamh roimhe seo."

"Cén fáth a ndeir tú é sin?"

Chrom an dochtúir thar chorp an fhir mhairbh. Shín sé méar chuig na marcanna níos lú a bhí ar an taobh ar chlé agus ar dheis de na marcanna móra.

"An bhfeiceann tú iad seo? Déarfainn gur fhág ordóga a raibh ingne méara orthu iad seo.

Chuir sé a lámha suas agus rinne sé crúb dá mhéara. Chíor sé go dian iad tríd an aer.

"Tháinig na gearrthacha doimhne ó na méara, na cinn bheaga ó na hordóga," a dúirt sé.

Chrom Burke os cionn an choirp. D'fhéach sé go géar ar a lámha.

"Ar mhiste leat lann tanaí a shíneadh chugam?" ar séisean.

Thóg Allinson lansa scíne óna mhála.

Shín sé chuig Burke é. Bhrúigh Burke an lann faoi cheann d'ionga méire an fhir mhairbh.

"Faigh babhla dom."

Thug Allinson mias bheag ghloine dó. Scrábáil Burke rud éigin isteach ann a bhí faoi ionga an fhir mhairbh. Rinne sé an rud céanna le gach ceann de na méara eile. Nuair a bhí sé críochnaithe bhí carn beag de stuf ar an mias.

"Cad atá ann?" arsa an Constábla Waters.

"Fíochán," arsa Allinson. "ní fionnadh é ach craiceann. Níl mórán fola ann."

"Throid sé ar ais," arsa Burke. "Ghearr sé a ionsaitheoir"

"Tá sé imithe le fada ansin," arsa Waters. "Nuair a chuirtear marcanna mar sin ar fhear ní fhanfaidh sé timpeall ar eagla go n-aithneofaí é?"

"Ní fhanfaidh is dócha," arsa Burke. "Ta rud éigin againn, mar sin féin. An bhféadfá sinn a thógáil go dtí an áit ina bhfuair siad an corp?"

"Anois díreach?" arsa Waters.

"Ní hea, beidh an mhaidin ceart go leor. Tá sé ródhorcha anois. Cén uair a bheidh níos mó eolais agat, a Dhochtúir?"

Thosaigh Allinson ag filleadh suas a mhuinchillí.

"Tosóidh mé láithreach, más maith leat.

"Labhróidh mé leat amárach"

D'fhéach Burke ar an sáirsint.

"Ceart go leor ansin," a dúirt sé. "Beimid ag imeacht. Feicimid thú ag a naoi ar maidin. Go raibh maith agaibh, a dhaoine uaisle."

Agus leis sin d'imigh na strainséirí.

Ní raibh ach cúig chéad duine ina gcónaí i sráidbhaile Underbury. Uair amháin fadó bhí i bhfad níos mó ansin. D'athraigh trialacha na gcailleach é sin.

Fuair cúigear páistí bás taobh istigh de sheachtain amháin. Ba iad an chéad leanbh fireann iad go léir. Chaith muintir an tsráidbhaile amhras ar thriúr ban a bhí tar éis teacht isteach sa sráidbhaile. Dúirt na mná gur dheirfiúracha iad agus gurbh as Londain iad. Ba bhean chnáimhsí an duine ba shine. Ellen Drury an t-ainm a bhí uirthi. Chabhraigh sí le mná eile nuair a bheadh leanaí ag teacht ar an saol. Tháinig sí in áit Grace Polley a bádh. Ba í Ellen Drury a thug na leanaí

firinn ar an saol, na leanaí a fuair bás.
Dúirt daoine gur chuir sí mallacht
orthu. Ach fir den chuid is mó a dúirt
é sin. Bhí eagla orthu roimh Ellen
Drury agus a cuid deirfiúracha. Mná
láidre ba ea iad. Labhair siad amach.
Thug siad eolas do mhná eile. Thug
bás na leanaí leithscéal do na fir déileáil
leis an deirfiúracha. Chuir siad
teachtaireacht fúthu go Londain, ag rá
gur chailleacha iad. Chuir an rí beirt
aimsitheoirí cailleach ó Londain chun
an scéal a fhiosrú.

Thug siad drochíde do na
deirfiúracha. Bhagair siad cailín óg eile
leis an drochíde chéanna agus dúirt sí
go bhfaca sí Ellen ag déanamh an
nimhe a mharaigh na leanaí. Ar an 18
Samhain 1628 chroch siad Ellen
Drury agus a deirfiúracha in
Underbury. Ba í Ellen Drury an duine
deireanach a fuair bás. Bhí Ellen ag

stánadh ar fhir an tsráidbhaile an t-am
ar fad fiú nuair a bhí sí ag luascadh ó
bhun an téada. Sa deireadh thiar chaith
fear ola uirthi agus chuir sé í trí thine.
Chuir siad na trí chorp i bpoll taobh
amuigh den reilig.

Níor labhair muintir na háite fúthu ó
shin.

A Trí

Bhí an Dr Allinson ag obair ar feadh na hoíche. Bhuail sé le Burke agus Stokes don bhricfeasta an mhaidin dar gcionn. D'inis sé dóibh go raibh an chréacht ba mhó ó bholg an fhir go dtí a chroí agus gur tholl crúba nó ingne fada an croí i gcúig áit.

"An bhfuil tú ag insint dúinn gur chuir duine éigin lámh trí chorp an fhir seo?" arsa Burke.

"De réir cosúlachta," arsa an dochtúir. " Níl sé éasca fear a stróiceadh as a chéile mar seo. Caithfidh go raibh ingne na láimhe an-láidir ar fad."

"B'fhéidir gur chuir an duine seo leis na méara ar chaoi éigin. B'fhéidir gur baineadh úsáid as crúba miotail, a d'fhéadfadh a chur leis na hingne nó a bhaint díobh de réir mar a bheadh ag teastáil."

Bhí an dochtúir an-tuirseach. Tháinig a bhean chéile chun é a thabhairt abhaile. Emily an t-ainm a bhí uirthi. Bhí sí ard fionn agus bhí súile glasa fuara aici.

"Tá brón orm nach raibh mé ábalta bheith níos cabhraí," a dúirt Allinson. "Féachfaidh mé ar an gcorp arís anocht, sula gcuirfidh siad é. Tá seans ann gur chaill mé rud éigin."

Ghabh Burke buíochas leis. Chuaigh an dochtúir amach. Chuaigh a bhean chéile ina dhiaidh.

Ghluais Burke i leataobh chun í a ligean amach.

Agus ansin tharla rud ait.

Bhí scáthán ar an mballa os comhair Burke. Bhí sé in ann é féin a fheiceáil ann. Chonaic sé Emily Allinson ann freisin. Ach chonacthas dó gur ghluais scáth Emily níos moille ná mar a ghluais sí féin. Chonacthas gur chas scáth na mná a haghaidh i dtreo Bhurke cé nár chas an bhean í féin. Ar feadh soicind, níorbh é an aghaidh sin aghaidh Emily Allinson. Aghaidh dhubh mhillte a bhí ann. Bhí a béal oscailte agus a craiceann dóite. Bhí na súile cosúil le gual dóite i bpoill na súl. Ansin chuaigh Emily Allinson taobh amuigh agus bhí an fhís imithe.

Bhí Burke ag féachaint ar Bhean Allinson ag siúl lena fear céile síos an tsráid. Chlaon an dochtúir i gcoinne a mhná le haghaidh tacaíochta. Ní raibh aon fhear eile ar an tsráid. Ní raibh mórán fear faoi dhaichead bliain in Underbury. Bhí an chuid is mó acu sa

Fhrainc ag troid. Ní thiocfadh a lán acu ar ais. B'fhada go mbeadh líon fear agus líon ban cothrom arís in Underbury.

Chuaigh Burke ar ais chuig an sáirsint. Ach níor ith sé an chuid eile dá bhricfeasta.

"Aon rud cearr, a dhuine uasail?", arsa Stokes.

"Tuirseach, sin an méid," arsa Burke.

Sméid Stokes a cheann. Ghlan sé suas buíocán na huibhe sleamhnaí leis an tósta. Bricfeasta maith ba ea é, cheap sé. Ach ní raibh sé chomh maith leis an mbricfeasta a dhéanfadh a bhean chéile dó. Dúirt sí go minic go ndéanfadh ramhrú éigin maitheas do Chigire Burke. Bhí a fhios ag Stokes gur chreid a bhean chéile gur cheart go mbeadh Burke pósta agus mar sin go mbeadh bean aige a dhéanfadh béilí dó. Ní raibh mórán suime ag Burke sna mná, áfach. Bhí sé ina chónaí ina aonar lena chuid leabhar agus a chat. Ní raibh sé róchompordach le mná. Ach bhí meas ag Stokes ar Chigire Burke. Póilín an-mhaith ba ea é dáiríre. Bhí Stokes bródúil as bheith ag obair leis. Níor bhain saol príobháideach Burke ach leis an bhfear é féin. Sin an rud a cheap Stokes. Níor aontaigh a bhean leis.

Sheas Burke suas agus thóg sé a chóta a bhí crochta ar an mballa.

"Ta sé in am dúinn imeacht," a dúirt sé

"Tá sé in am dúinn féachaint ar an áit a bhfuair Mal Trevors bás"

Sheas Burke agus Stokes ar thaobh amháin de chuaille an chlaí. Sheas an Constábla Waters ar an taobh eile.

Chonaic siad rianta fola an fhir mhairbh ar an adhmad. Bhí píosaí dá chuid éadaigh gafa sa tsreang dheilgneach ansin. Níos faide anonn bhí páirceanna oscailte ann agus ansin bhí balla íseal thart timpeall na heaglaise agus na reilige.

" Fuair siad é i gcoinne an chuaille," arsa Waters. "Bhí a lámha ar crochadh ar an tsreang."

"Cé a fuair é?" a d'fhiafraigh Stokes.

"Fred Paxton. Tá cónaí air sa chéad fheirm eile. Dúirt sé gur fhág Trevors an teach tábhairne go gairid roimh a deich. D'fhág Paxton uair an chloig níos déanaí."

"Ar chuir sé lámh ar an gcorp?"

"Ní raibh gá leis sin. Bhí a fhios aige go raibh Trevors marbh."

"Caithfimid labhairt le Paxton."

"Gan dabht, bhí a fhios agam go mbeadh tú á iarraidh sin. Tá cónaí air féin agus a bhean leathmhíle suas an bóthar. D'inis mé dó a bheith ag súil linn ar maidin."

"Ar chuardaigh tú an ceantar?" a d'fhiafraigh Burke.

"Chuardaigh."

D'fhan Burke. Bhí Trevors ag dul trasna na páirce nuair a rinne duine éigin ionsaí air. Oíche fhuar a bhí ann. Ní raibh sé níos teo anois. Pé duine a rinne ionsaí ar Threvors bhí seans ann gur fhág sé rian ar an bhféar.

"Bhuel?"

"Níl ach dhá phéire choiscéim: coiscéimeanna Mhal Trevors agus Fhred Paxton."

"B'fhéidir go ndearna an duine ionsaí air ar an mbóthar," arsa Stokes. "Bhí Trevors ag iarraidh éalú trasna na bpáirceanna agus fuair sé bás ar an gclaí."

"Ní dóigh liom é," arsa Waters.

"Ní raibh fuil ar bith idir an bóthar agus an claí. Chuardaigh mé."

Chuaigh Burke ar a ghlúine agus d'fhéach sé ar an talamh. Bhí a lán fola tirime fós ar an bhféar. Dá mb'fhíor é an méid a dúirt Waters, rinne duine ionsaí ar Threvors san áit sin. Agus ba san áit sin a fuair Trevors bás.

"Tá rud éigin fágtha amach," a dúirt sé sa deireadh. "Pé duine a mharaigh Trevors níor tháinig sé aniar aduaidh air go hiomlán. Cuardóimid an talamh ina orlaí. Caithfidh go bhfuil rian éigin ann."

Leath an triúr fear amach ó chuaille an bháis. Ghluais Burke i dtreo na reilige. Chuaigh Stokes amach ar an mbóthar. Shiúil Waters go dtí feirm mhuintir Paxton. Chuardaigh siad ar feadh uair an chloig ach ní bhfuair siad dada. Bhí cuma ar an scéal nár fhág ionsaitheoir Mhal Trevors aon rian.

Chríochnaigh Burke ar dtús. Shuigh sé ar bhalla íseal na reilige ag féachaint ar dhaoine eile. Bhí a fhios ag Burke ina chroí istigh go raibh siad ag cur amú ama. Bheadh gá le níos mó fear chun cuardach ceart a dhéanamh. Ach ní raibh na fir ann chun é a dhéanamh. Ach ní dhearna sé ciall ar bith dó go mbeadh duine éigin ábalta fear mór mar Threvors a mharú sa tslí seo.

Bhí Burke ag cur allais cé go raibh an lá fuar. Mhothaigh sé tinn, fiú. Cheap sé gurbh í an áit seo ba chúis leis. Súnn sí an neart. Sráidbhaile ba ea Underbury a bhí gan na fir ab fhearr aige. Bhí siad go léir ag troid i bhfad ó bhaile. Na fir a bhí fágtha bhí siad sean agus spíonta amach. Bhí athrú mór ar an sráidbhaile. Mhothaigh Burke é. Bhí athrú ag teacht air féin chomh maith.

Chuaigh Burke chun buaileadh leis na póilíní eile arís. Agus é ar tí é sin a dhéanamh bhuail a chos i gcoinne cloiche. Chuaigh sé síos ar a ghlúine chun rinn a mhéar a scuabadh ar an talamh. Bhí leac ann agus bhí sí beagnach i bhfolach faoin bhféar fada agus na fiailí. Ní raibh rud ar bith scríofa ar an gcloch ach bhí a fhios ag Burke cad a bhí ann. Bhí duine éigin curtha ansin, duine éigin nach raibh maith go leor do thalamh beannaithe.

Chonaic sé dhá leac eile in aice láimhe. Bhí ceann amháin briste agus tharla sin le déanaí. Thóg duine éigin casúr air. Bhí poll chomh mór le dorn Bhurke ar a lár. Shleamhnaigh Burke dhá mhéar isteach sa bhearna. Níor mhothaigh sé aon chré thíos faoi. Ní raibh ann ach spás folamh. Cheangail sé a pheann le píosa snáthaide agus chuir sé tríd an bearna é. Arís, ní raibh dada ann. Bhí an poll thíos an-domhain. Ní raibh cré ar bith ann.

"Ait," a smaoinigh sé.

Sheas sé suas. Bhí Stokes agus Waters amuigh ar an mbóthar ag féachaint air. Shiúil sé ar ais chucu. Anois an t-am chun labhairt le muintir Paxton, dar le Waters. Bheadh tae acu ansin.

"Cén sórt fir é Trevors?" a d'fhiafraigh Burke de Waters.

"Ní raibh mórán measa agam féin air," a dúirt Waters. "Chaith sé am i bpríosún thuas sa tuaisceart de bharr ionsaithe. Tháinig sé ar ais anseo nuair a lig siad saor é. Bhí cónaí air lena athair go dtí go bhfuair an seanfhear bás. Tar éis sin ní raibh ann ach é féin ina aonar ar an bhfeirm sin."

"Agus an mháthair?"

Fuair sí bás nuair a bhí Mal ina ghasúr. Bhuaileadh a fear céile í, deir siad. Ceapaim go raibh cuid de dhrochnósanna an tseanfhir ag Mal. Bhí sé i bpríosún toisc gur bhuail sé buillí ar—bhuel, gabh mo leithscéal, a dhuine uasail—striapach i Manchain. Ba bheag nár mharaigh sé í, de réir mar a chloisim. Nuair a tháinig sé ar ais anseo bhí bean aige darbh ainm Elsie Warden. Fuair sí réidh leis nuair a chuaigh sé ar ais ar a chuid drochnósanna arís. Thug muintir Elsie bualadh millteanach do Mhal chun ceacht a mhúineadh dó. Seachtain ó shin, chuaigh sé go dtí a teach san oíche agus rinne sé iarracht labhairt léi. Thug a hathair agus a deartháireacha an bóthar dó. Bhí a fhios aige cad é a bheadh i ndán dó dá bhfanfadh sé agus níor fhan sé."

D'fhéach Burke agus Stokes ar a chéile.

"An gceapfá gurb iad muintir Warden is cúis leis an gcoir seo?" a dúirt Burke.

"Bhí siad go léir sa bheár nuair a d'fhág Trevors. Bhí siad fós ansin nuair a tháinig Fred Paxton ar ais tar éis an corp a fháil. Níor fhág siad ar chor ar bith. Fiú amháin Elsie bhí sise leo. Níl siad ciontach."

Thóg Waters píosa páipéir óna phóca. Thug sé é do Bhurke.

"Cheap mé go mbeadh sé seo ag teastáil uait. Is liosta é de na daoine go léir a bhí sa bheár an oíche sin. Tá réalta i ndiaidh ainm na ndaoine a bhí ansin ón uair a d'fhág Trevors go dtí go bhfuair Paxton an corp."

Thóg Burke an liosta agus léigh sé é. D'fhan ainm amháin ina cheann.

"Bhí Bean Allinson ansin an oíche sin?"

"Agus a fear céile. Is í oíche Shathairn oíche mhór an tsráidbhaile. Éiríonn le gach duine a mbealach a dhéanamh go dtí an teach tábhairne luath nó mall."

Bhí réalta in aice le hainm Emily Allinson.

"Agus níor fhág sí," a dúirt Burke, chomh híseal sin nár chuala aon duine é.

A Ceathair

Rugadh Fred Paxton timpeall fiche míle ó Underbury. Bhí cónaí air i Londain ar feadh tamaill. Ansin tháinig sé ar ais go dtí Underbury lena bhean chéile nua.

Ba lánúin óg gan leanaí iad.

Thug siad bia agus cáis do na bleachtairí agus rinne siad pota mór tae dóibh.

"Bhí mé ag siúl abhaile agus m'intinn ar theacht abhaile," arsa Fred Paxton. Bhí sé ar leathshúil. Bhí a shúil chlé tinn, le cuma bán buí agus dearg measctha le chéile inti. Chuir sé íomhá i gcuimhne do Bhurke de na laethanta nuair a bhí sé ina ghasúr. Bhí sé ar cuairt ar fheirm a uncail faoin tuath.

Is ansin a d'ól a athair bainne úr a bhí tar éis teacht ón mbó. Chonaic an gasúr fuil sa bhainne.

"Bhí cruth ann ag an gclaí," dúirt Paxton. "Bhí sé cosúil le fear bréige. Ach níl aon fhear bréige ar an talamh sin. Léim mé thar an ngeata agus chuaigh mé isteach le féachaint. Ní fhaca mé riamh an méid sin fola. Mhothaigh mé í faoi mo buataisí. Ceapaim nach raibh Mal i bhfad marbh nuair a fuair mé é."

"Cén fáth a ndeir tú é sin?" a d'fhiafraigh Stokes.

"Bhí gal ag éirí óna phutóga fós," a dúirt Paxton go simplí.

"Cad a rinne tú ansin?" a d'fhiafraigh Burke.

"Chuaigh mé ar ais go dtí an sráidbhaile, chomh tapa agus a bhí mé in ann. Rith mé isteach sa teach tábhairne agus dúirt mé leis an seantábhairneoir Ken fios a chur ar an constábla. Nuair a bhí gach rud déanta, chuaigh mé abhaile chuig mo bhean"

Chas Burke ar Bhean Paxton. Níor labhair sí ach cúig fhocal ar fad ó tháinig siad.

Bean chaol a raibh gruaig dhubh uirthi agus a raibh súile móra aici. Bhí sí go hálainn.

"An féidir leat cur leis an méid atá ráite ag d'fhear céile, a Bhean Paxton?" a d'fhiafraigh sé di. "An bhfaca nó ar chuala tú aon rud a d'fhéadfadh cabhrú linn?"

Bhí a guth an-íseal. Bhí ar Bhurke claonadh chuici chun í a chloisteáil.

"Bhí mé i mo chodladh sa leaba nuair a tháinig Fred isteach," a dúirt sí.

"Nuair a d'inis sé dom gurbh é Mal Trevors é, bhuel, mhothaigh mé rud éigin ag casadh taobh istigh díom. Bhí an scéal go huafásach."

D'éirigh sí ón mbord. D'fhéach Burke uirthi mar a d'imigh sí, ansin thug sé faoi deara go raibh sé ag féachaint uirthi. Chas sé ar na fir timpeall air.

"Conas a chuaigh scéal bhás Mhal i bhfeidhm ar dhaoine?" a d'fhiafraigh Burke de Phaxton.

"Baineadh preab mór astu, is dóigh liom," a dúirt sé.

"Ar bhain an scéal preab mór as Elsie Warden?"

"Bhuel, níos déanaí, bhain, nuair a fuair sí amach," arsa Paxton.

"Níos déanaí?"

"D'éirigh Elsie tinn ag an mbeár go gearr sular tháinig mise ar ais. Thug bean chéile an dochtúra aire di i gcistin Ken."

D'iarr Burke an mbeadh sé ceart go
leor dá rachadh sé go dtí an leithreas.
D'inis Fred Paxton dó go raibh ceann
taobh amuigh. Bhí sé chun é a
thaispeáint dó. Ach d'inis Burke dó go
mbeadh sé in ann é a aimsiú. Shiúil sé
tríd an gcistin agus fuair an leithreas sa
ghairdín. Rinne sé a ghnó ansin agus
rinne sé machnamh. Nuair a chuaigh
sé amach arís bhí Bean Paxton ina
seasamh ag fuinneog na cistine. Bhí an
chuid uachtarach dá corp nocht. Bhí sí
á ní féin le píosa éadaigh ón doirteal.
Stop sí nuair a chonaic sí é. Bhí a
cíocha nochta le feiceáil aige. Bhí a
corp an-bhán. D'fhéach Burke uirthi ar
feadh soicind níos faide. Go mall
thiontaigh sí an treo eile, a droim
liathbhán i gcoinne na scáthanna.
Chuaigh Burke timpeall an tí chun an
chistin a sheachaint. Ag teacht ar ais
dó, d'éirigh Waters agus Stokes ina

seasamh agus shiúil an triúr fear amach le chéile. Labhair Paxton le Waters faoi chúrsaí áitiúla. Sheas Stokes ar an mbóthar ag tógáil an aeir.

Go tobann, chonaic Burke go raibh Bean Paxton lena thaobh.

"Tá brón orm," a dúirt sé. "Ní raibh sé ar intinn agam geit a bhaint asat agus tú ag ní."

Dhearg sí beagán.

"Ní raibh an milleán ortsa ," a dúirt sí.

"Sea, tá ceist eile agam," a dúirt sé léi.

Bhí sí ag fanacht.

"Ar thaitin Mal Trevors leat?"

Thóg sé nóiméad uirthi freagra a thabhairt.

"Níor thaitin, a dhuine uasail," a dúirt sí sa deireadh. "Níor thaitin ar chor ar bith"

" Ar mhiste liom fiafraí cén fáth?"

"B'ainmhí fiáin é. Chonaic mé an chaoi ar fhéach sé orm. Bhí feirm aige in aice linne. Bhí mé cúramach gan a bheith i m'aonar sna páirceanna nuair a bheadh seisean timpeall."

"Ar dhúirt tú é seo le d'fhear chéile?"

"Níor dhúirt, ach bhí a fhios aige conas a mhothaigh mé."

Stop sí de bheith ag caint go tobann. Bhí a fhios aici gurbh fhéidir gur dhúirt sí rud éigin a bhféadfadh í féin nó a fear céile a chur i dtrioblóid.

"Tá sé ceart go leor, a Bhean Paxton," a dúirt Burke. "Ní dóigh linn go raibh baint agatsa ná ag d'fhear céile leis an gcoir seo."

"An ndeir tú?"

"Éist liom. Pé duine a mharaigh Mal Trevors bhí sé mór láidir. Le meas, níl sibhse. Bheadh an marfóir clúdaithe le fuil tar éis gach rud a rinne sé do

Threvors. Ní raibh d'fhear céile. An bhfeiceann tú?"

"Feicim, go raibh maith agat," a d'fhreagair sí. "Fear maith is ea Fred."

Ní raibh Burke cinnte fós gur chreid sí é.

"Ach baineadh preab mór asat le bás Threvors, cé nár thaitin sé leat," a dúirt Burke.

Arís, bhí stop ann sular tháinig an freagra. Chonaic Burke a fear céile ag teacht i gcabhair ar a bhean chéile. Ní raibh mórán ama fágtha.

"Ba mhian liom go bhfaigheadh sé bás," a dúirt Bean Paxton go híseal. "An lá sula bhfuair sé bás, theagmhaigh sé liom nuair a bhíomar i siopa an Uasail Little. Rinne sé é d'aon ghnó. Mhothaigh mé é á bhrú féin orm. Mhothaigh mé a...rud. Muc ba ea é. Bhí mé tuirseach den eagla a bhí orm siúl ar ár bpáirceanna féin. Agus, mar sin ar feadh nóiméid bhí súil agam go bhfaigheadh sé bás. Ansin, an lá ina dhiaidh sin bhí sé marbh. Is dóigh go raibh mé ag ceapadh..."

"B'fhéidir ar shlí go raibh páirt agatsa ina bhás?"

"Sea."

Anois, bhí Fred Paxton in aice leo. "An bhfuil gach rud ceart go leor, a ghrá?" a dúirt sé, ag cur láimhe timpeall a mhná céile.

"Tá gach rud go breá anois," a dúirt sí. Rinne sí miongháire lena fear céile. Thug sin suaimhneas dó agus fuair Burke sracfhéachaint ar an bhfíorchumhacht a bhí taobh thiar dá bpósadh. Bhí neart i bhfolach taobh istigh den bhean bheag dhathúil seo.

Agus mhothaigh sé míshuaimh-neach.

Tá gach rud go breá.

Tá gach rud go breá anois go bhfuil Mal Trevors marbh.

Uaireanta, faigheann tú na rudaí a bhíonn ag teastáil uait cinnte, nach bhfaigheann, a ghrá?

A Cúig

Faoin am seo bhí sé ag éirí dorcha. Dúirt an Constábla Waters nach mbeadh sé ciallmhar cuairt a thabhairt ar theach Elsie Warden tar éis an chlapsholais.

"Ní dream róshuaimhneach iad," a dúirt sé. "Beidh gunna gráin i lámha an tseanfhir ag beannú do chuairteoirí ag an am seo den lá."

Chuaigh an triúr fear ar ais go dtí an sráidbhaile. D'ith Stokes agus Burke stobhach le chéile i gcúinne den teach tábhairne. Níor labhair aon duine leo.

Ní raibh fáilte rompu san áit seo.
Shocraigh Burke cuairt a thabhairt ar
an Dr Allinson. Bhí am leis féin ag
teastáil uaidh agus mar sin d'inis sé do
Stokes fanacht sa teach tábhairne.

Bhí Stokes sásta leis sin, mar fear ba
ea é ar mhaith leis pionta deas cois na
tine. Thóg Burke lampa ón teach
tábhairne agus ansin chuaigh sé go
teach mhuintir Allinson. Bhí sé suite
timpeall míle ó thuaidh ón sráidbhaile.
Ní raibh réalta ar bith sa spéir agus bhí
áthas ar Bhurke go raibh an lampa
aige.

Bhí na fuinneoga go léir dorcha
nuair a shroich sé an teach ach amháin
ceann amháin. Chnag sé ar an doras go
trom agus d'fhan sé. Tar éis roinnt
nóiméad d'oscail Bean Allinson an
doras. Bhí gúna gorm an-fhoirmiúil ó
mhuineál go sáil uirthi. Chonacthas do
Bhurke go raibh sé seanfhaiseanta. Ach

bhí sé go maith uirthi. Bhí sí ard agus bhí gnéithe maithe aici.

Bhí a súile beaga glasa ag taitneamh le spórt.

"A Chigire Burke, tá ionadh orm faoi seo," a dúirt sí. "Níor dhúirt m'fhear céile liom go mbeifeá ag teacht."

" Níor dhúirt mise leis go raibh mé ag teacht," a dúirt Burke. "An bhfuil sé sa bhaile?"

D'iarr Bean Allinson ar Burke teacht isteach.

Lean sé í isteach sa seomra suite agus las Bean Allinson na lampaí.

"Is oth liom a rá go bhfuil sé ar ghlaoch tinnis. Ní bheidh sé rófhada, is dóigh liom. An mbeidh tae agat?"

Dhiúltaigh Burke ach ghabh sé buíochas di. Shuigh Bean Allinson síos ar an tolg. Thaispeáin sí cathaoir uilleach do Bhurke agus shuigh sé síos.

"Bhí ionadh orm gur oscail tú an doras tú féin," a dúirt sé. "Cheap mé go mbeadh cailín aimsire agat chun é sin a dhéanamh."

"Níl sí ag obair anocht," arsa Bean Allinson. "Elsie Warden an t-ainm atá uirthi. Is cailín áitiúil í. Ar bhuail tú le hElsie riamh, a Chigire?"

Dúirt Burke nár bhuail.

"Taitneoidh sí leat," a dúirt Bean Allinson. "Is cosúil go dtaitníonn Elsie lena lán de na fir."

Arís bhí a fhios ag Burke go raibh cúis ghrinn ag Bean Allinson. Bhí a fhios aige gurb eisean ba bhun leis an ngreann. Ní raibh a fhios aige fós cén fáth.

"Cloisim go raibh tusa in éineacht léi an oíche a fuair Mal Trevors bás."

D'ardaigh Bean Allinson a súile go mall. Bhí miongháire éigin ar thaobh na láimhe clé dá béal. Bhí sé mar a rithfeadh sreang ón tsúil go dtí an giall ag déanamh naisc leis an gcaoi ar ghluais siad.

"Le m'fhear céile a bhí mé, a Chigire," a d'fhreagair sí.

"An gcaitheann tú oíche Shathairn ag an teach tábhairne sa sráidbhaile de ghnáth?"

"Nach n-aontaíonn tú leis sin, a Chigire? An gcreideann tú nár cheart go mbeadh mná amuigh lena fir? Nach gcaitheann do bhean chéile am leatsa taobh amuigh den teach?"

"Níl mé pósta"

"Is mór an trua é sin," a dúirt Bean Allinson. "Creidim go gceansaíonn bean a fear. Déanann sí maitheas dó. Dhéanfadh bean mhaith ór den luaidhe atá sa chuid is mó de na fir."

"An raibh Mal Trevor ina fhear luaidhe?" a d'fhiafraigh Burke. "Arbh fhéidir feabhas a chur air?"

"Ba dhrochmhiotal é Mal Trevors," a dúirt Bean Allinson. "I mo thuairim tá sé ag déanamh níos mó maitheasa thíos faoin talamh ná mar a dhéanfadh sé riamh agus é ag siúl air. Tabharfaidh sé bia do na péisteanna agus do na plandaí. Bia gan mhaith ach níos fearr ná dada."

Níor thug Burke aon fhreagra. Ba bheag duine a dúirt focal maith faoin bhfear marbh. Mar sin féin bhí ar Bhurke a sheacht ndícheall a dhéanamh teacht ar an duine a mharaigh é. Bhí ceart an dlí ag drochfhir féin.

"Bhíomar ag caint faoi Elsie Warden," a dúirt sé. "Dúirt duine éigin liom gur éirigh sí tinn an oíche a fuair Mal Trevors bás."

"Bhí sí tinn," arsa Bean Allinson. "Thug mé aire mhaith di"

"An féidir leat insint dom cén fáth?"

"Is féidir leat an cheist sin a chur ar

Elsie Warden más mian leat. Ní bhaineann sé liomsa rudaí mar sin a insint duit."

"Tá sé soiléir go bhfuil an-mhuinín ag Elsie Warden asat." a dúirt Burke.

Chlaon Bean Allinson a ceann. D'fhéach sí ar Bhurke i mbealach nua. Bhí sí cosúil le cat ag féachaint ar luch ag iarraidh éalú fiú nuair a bhí a eireaball gafa faoi lapa an chait.

"Bean óg láidir is ea Elsie," arsa Bean Allinson. "Ní maith le muintir an tsráidbhaile seo mná láidre. Agus dá bharr sin caithfidh mná láidre tacaíocht a thabhairt dá chéile."

"Ní thuigim," a dúirt Burke.

"Chroch siad cailleacha anseo na blianta ó shin," a dúirt Bean Allinson. "Fuair na mná seo bás i gcroílár an tsráidbhaile. Tugtar Cailleacha Underbury orthu fós. Tá a gcoirp ina luí taobh amuigh de bhallaí na reilige."

"Na trí chloch," arsa Burke.

"Tá siad feicthe agat, mar sin?"

"Ní raibh a fhios agam cé a bhí ina luí ansin. Bhí a fhios agam go raibh uaigheanna de chineál éigin ann ansin, sin an méid."

"Ta cros ann faoi gach cloch agus tá aghaidh na croise síos." arsa Bean Allinson. "Tá an chros ann chun na cailleacha a choinneáil ó theacht aníos arís. Fiú amháin agus iad marbh bhí eagla ar dhaoine rompu."

"Conas a bhí a fhios agat faoi na crosa?"

"Léigh mé fúthu i lámhscríbhinní an tsráidbhaile."

"Ach is é seo an fichiú haois. Níl Underbury cosúil leis sin anois."

"Dáiríre? A mhalairt ar fad atá fíor. Gan dabht, chuala tú faoi Mhal Trevors agus faoi cén sórt duine a bhí ann. Bhí sé déistineach agus tá roinnt eile cosúil leis. Is ionann Underbury agus a bhí. Is ionann fir agus a bhí."

Chroith Burke é féin.

"Níor bhuail mé riamh leis ach amháin chun féachaint ar a chorp," a dúirt sé. "Níl ar eolas agam ach an méid a insíonn daoine dom."

"Cén fáth nach bhfuil tú pósta, a chigire?" a d'fhiafraigh Bean Allinson go tobann. "Cén fáth nach bhfuil aon bhean i do shaol?"

"Tógann mo phost a lán de mo chuid ama, agus b'fhéidir nár bhuail mé riamh leis an mbean cheart." ar sé.

Chlaon Bean Allinson ar aghaidh beagán.

"Tá an tuairim agam," a dúirt sí, "nach bhfuil aon bhean "cheart" duitse. Ní dóigh liom gur maith leat mná, a chigire. Níl an bhrí fhisiciúil i gceist agam. Táim cinnte go mbíonn drúis ort cosúil leis an gcuid is mó de na fir. Is éard atá i gceist agam nach maith leat a n-intinn. Níl muinín agat astu. Ní thuigeann tú iad. Mar gheall air sin tá eagla ort rompu. Feictear duit gur strainséirí iad. Agus tá eagla ort rompu dá bharr. Tá tú díreach cosúil le fir Underbury ar theastaigh uathu na mná sin a chrochadh."

"Níl eagla orm roimh mhná, A Bhean Allinson," a dúirt Burke. Rinne sé iarracht a bheith ar a shuaimhneas ach bhí a ghuth briste beagán.

Chuala Burke coiscéimeanna. D'oscail duine éigin an doras tosaigh. Ghlaoigh an dochtúir ar a bhean chéile. Níor bhog Burke. Fuair sé é féin ag stánadh ar Bhean Allinson, é caillte ina súile móra glasa.

"Níl a fhios agam an bhfuil sé sin fíor dáiríre, a Chigire," a dúirt sí. "Ní chreidim go bhfuil sé sin fíor ar chor ar bith."

Shuigh an Dr Allinson síos in éineacht leo. Tar éis tamaill bhig rinne a bhean a leithscéal agus d'imigh sí.

"Beidh mé ag caint leat arís, a Chigire" a dúirt sí. "Beidh mé ag tnúth leis"

Chaith Burke uair an chloig le hAllinson. Ní raibh aon rud nua le hinsint ag an dochtúir. Ach mar sin féin, bhain Burke taitneamh as tuairimí a mhalartú anonn is anall. Thairg Allinson é a thabhairt ar ais go dtí an sráidbhaile. Dúirt Burke gur mhaith leis siúl.

Bhí sé in ann smaoineamh níos fearr nuair a bhí sé leis féin. D'ól sé braon uisce beatha chun é féin a choimeád te ar an aistear agus ansin d'imigh sé abhaile.

Níor chóir dó an t-uisce beatha a ól. Chuir sé mearbhall ina cheann. Agus ní dhearna an fuacht mórán chun é a choimeád ina chiall. Ba bheag nár shleamhnaigh sé sular shroich sé an bóthar. Ón uair sin amach d'fhan sé i lár an bhóthair. Bhí eagla air go dtitfeadh se isteach sna sceacha.

Tar éis tamaill chuala sé torann ó na sceacha ar thaobh a láimhe deise. Stop sé agus d'éist sé. Pé rud a bhí sna sceacha stop sé freisin. Fear cathrach ba ea Burke. Ní bheadh a fhios aige cén sórt ainmhí a bheadh ina luí sa dorchadas. B'fhéidir gur mhadra rua nó broc é. Ghluais sé ar aghaidh agus bhí an lampa ardaithe aige ach rith rud éigin ina dhiaidh. Bhuail an créatúr a chóta agus é ag dul thairis. Chas Burke go tobann. Chonaic sé an créatúr ag rith isteach sna sceacha ar thaobh a láimhe clé. Chuaigh an créatúr trasna an bhóthair taobh thiar de dhroim Bhurke. Tháinig an créatúr chomh gar dó gur theagmhaigh sé leis mar a chuaigh sé thart.

Ghlan Burke a chóta lena lámh.
Thóg sé a lámh agus bhí a mhéara
clúdaithe le píosaí dubha. Bhí siad ar
nós páipéir dhóite. D'fhéach sé go géar
orthu le solas an lampa. Ansin chuir sé
suas iad go dtí a shrón chun an boladh
a fháil.

Bhí boladh dóite astu, ach ní páipéar
a bhí ann. Uair amháin, chuaigh Burke
isteach i dteach a bhí trí thine. Ní
bhfuair sé ach duine amháin beo ansin.
Bean ba ea í a bhí dóite go dona
cheana. Greamaíodh píosaí dá
craiceann do lámha Bhurke. Bhí an
boladh sin i gcuimhne Bhurke riamh.
Sin an chúis nár ith sé muiceoil riamh.
Bhí boladh muiceola cosúil le feoil
daonna rósta. Agus sin é an boladh a
bhí anois ar a mhéara.

Rinne sé iarracht é a chuimilt de ar
a chóta. Thosaigh sé ag siúl níos tapúla.
Rinne a bhróga torann láidir ar an

mbóthar fliuch. An t-am ar fad mhothaigh sé go raibh rud éigin á leanúint taobh thiar de na sceacha. Sa deireadh thiar tháinig sé go dtí an sráidbhaile. Mhothaigh sé an créatúr ag stopadh nuair a shroich sé an chéad teach. Bhí Burke ag tarraingt anála go trom. Stop sé agus d'fhéach sé isteach sa dorchadas. Cheap sé ar feadh tamaillín go bhfaca sé cruth níos dorcha fós taobh istigh den dorchadas. Bhí cruth ag fanacht sna scáthanna. Ach bhí sé imithe chomh luath agus a chonaic sé é. D'fhan an cruth ina aigne áfach. Chonaic sé é ina bhrionglóid an oíche sin; cuar a chromáin, at a chíoch.

Cruth mná a bhí ann.

A Sé

An mhaidin dár gcionn, thiomáin
Waters, Stokes, agus Burke go dtí feirm
mhuintir Warden. Ní raibh focal as
Burke ar an aistear. Níor labhair sé
faoin oíche roimhe. Níor chodail sé
rómhaith. Shíl sé gur fhan boladh
déistineach feola dóite ar a philiúr. Uair
amháin dhúisigh sé nuair a chuala sé
cnaga rialta ar an bhfuinneog. Nuair a
chuaigh sé chun é a sheiceáil bhí gach
rud ciúin suaimhneach taobh amuigh.
Ach thabharfadh sé mionn an leabhair
go raibh boladh na feola róstaithe níos

láidre ag an bhfuinneog. Bhí Bean
Paxton ina bhrionglóid. Bhí sí ag
féachaint air tríd an bhfuinneog agus
bhí a cíocha nochta. Ach i mbrionglóid
Bhurke bhí aghaidh Bhean Allinson
aici. Bhí gual dubh dóite ar a súile glasa
anois.

Bhí deartháireacha óga Elsie
Warden amuigh sna páirceanna. Bhí a
hathair as baile don lá. Ní raibh ach
Elsie agus a máthair sa bhaile nuair a
tháinig na póilíní. Bhí a fhios ag Burke
go raibh drochfhuil idir muintir
Warden agus Mal Trevors. Ní
thabharfadh Bean Warden freagra ar a
chuid ceisteanna áfach. Lean sí di ag
féachaint amach an fhuinneog ag súil
go dtiocfadh a mic chun fáil réidh leis
na póilíní. D'fhan sí go gruama gan
focal aisti. Bhí níos mó le rá ag Elsie
Warden. Bhí ionadh ar Bhurke mar
gheall ar cé chomh féinmhuiníneach
agus a bhí sí. D'fhás sí aníos i dteach

53

lán le fir. Ach ní raibh sí cosúil lena
máthair. Níor theastaigh uaithi go
gcosnódh fir í.

"Bhíomar go léir sa teach tábhairne
an oíche sin," a d'inis sí do Bhurke.
"Mé féin, mo mham, mo dhaid agus
mo dheartháireacha. Muid go léir. Sin
mar a bhíonn sé timpeall na háite seo.
Bíonn oíche Shathairn speisialta."

"Ach bhí aithne agat ar Mhal Trevor?"

"Rinne sé iarracht mé a mhealladh,"
a dúirt sí. Bhí dúshlán ina súile a d'iarr
ar Bhurke cúis a fháil nach mbeadh an
ráiteas seo fíor. Ní raibh an bleachtaire
chun argóint a dhéanamh léi. Bhí
gruaig álainn dhorcha ar Elsie Warden
agus bhí cosúlacht giofóige uirthi. Bhí
an Sáirsint Stokes ag déanamh an-
iarracht gan féachaint ar a corp.

"Agus an raibh tú sásta leis sin?

Chuir Eilís cuma leamhnáireach
uirthi.

"Cad a chiallaíonn tú leis sin ar chor ar bith?" a d'fhiafraigh sí.

Bhraith Burke go raibh sé ag éirí dearg. Tharla babhta casachta ar Stokes.

"Is é an rud a bhí i gceist agam ..." a thosaigh Burke. Ní raibh sé cinnte anois cad é a bhí i gceist aige. Tháinig Stokes i gcabhair air.

"Is é an rud a bhí i gceist ag an gcigire, a iníon, ná ar mhaith leatsa Mal Trevors? Nó an raibh sé ag snámh in aghaidh an easa, mar a déarfá?"

"Á" arsa Elsie, "thaitin sé liom maith go leor ag an tús."

"Thaitin an drochshórt léi i gcónaí," a dúirt a máthair.

Choimeád sí a ceann síos nuair a bhí sí ag caint. Níor fhéach sí ar a hiníon. Bhí Burke ag ceapadh gurbh fhéidir go raibh eagla ar an máthair roimpi. Bhí Elsie lán d'fhuinneamh agus de bheocht. Bhí gach rud inti nach raibh ina máthair.

"Ar dhrochshórt é Mal Trevor?" arsa Burke.

Chuir Elsie an chuma leamhnáireach uirthi arís. Níor oibrigh sí an t-am seo.

"Ceapaim go bhfuil a fhios agat cén sórt é Mal Trevors," a dúirt sí.

"Ar ghortaigh sé thú?"

"Rinne sé iarracht"

"Cad a tharla?"

"Bhuail mé é agus rith mé."

"Agus ansin?"

"Tháinig sé ar ais do mo lorg."

"Agus fuair sé léasadh dá chuid trioblóide," a dúirt Burke.

"Níl a fhios agam faoi sin," a dúirt sí.

Sméid Burke. Thóg sé a leabhar nóta óna phóca. D'fhéach sé trí na leathanaigh. Bhí sé sásta Elsie a fheiceáil ag claonadh a muiníl beagán. Bhí sí ag iarraidh gach rud a bhí scríofa aige sa leabhar nótaí a fheiceáil. Chlúdaigh Burke an leathanach lena lámh. Ní raibh dada scríofa air. Ach níor mhian leis go mbeadh a fhios sin aici. Ba mhian leis go mbeadh sí neirbhíseach. Bhí ag éirí leis.

"Deir daoine liom gur éirigh tú tinn an oíche a fuair Mal Trevors bás," a dúirt sé.

Bhobáil Elsie go dian. Comhartha beag a bhí ann ach ba leor é do Bhurke. D'fhan sé go dtí go labhródh sí. Bhí sé ag féachaint uirthi agus Elsie ag smaoineamh ar na freagraí a d'fhéadfadh sí a thabhairt. Mhothaigh Burke go raibh athrú inti. B'fheasach dó go raibh an plámás ag imeacht uaithi go mall. Shleamhnaigh an plámás óna corp agus thit sé ina dheora trí na scoilteanna san urlár. Tháinig rud eile ina áit. Fearg a bhí ann.

"Tá sé sin fíor," a dúirt sí go bog. Bhí a beola dúnta go docht daingean.

"Sular chuala tú faoi Mal Trevors nó ina dhiaidh sin,"

"Sular chuala mé"

"An féidir leat insint dom cad é ba chúis leat a bheith tinn?"

"Is féidir," a dúirt sí. "Ach beidh náire ort féin, dá bharr"

"Tógfaidh mé an seans sin," arsa Burke.

"Bhí mo chuairteoir agam," a dúirt sí, "An t-aoi míosúil. An bhfuil tú sásta anois?"

Ní raibh cuma shásta ná míshásta ar Bhurke.

"Agus chabhraigh Bean Allinson leat?"

"Chabhraigh sí. Thug sí aire dom. Ansin thug sí abhaile mé níos déanaí."

"Caithfidh sé go raibh sé go holc má bhí a cabhair uait."

Thug sé faoi deara ánáil mhór á tógáil ag Waters.

"Anois, a dhuine uasail, nach gceapann tú go bhfuil go leor againn?" a d'fhiafraigh sé.

"Tamall eile," a dúirt sé.

Thosaigh sé ag siúl, agus ansin bhí an chuma ar an scéal gur baineadh tuisle as ag cos cathaoireach. Thit sé i gcoinne Elsie Warden; ansin bhain sé úsáid as an mballa chun é féin a choimeád suas. Tháinig Stokes i gcabhair air.

"An bhfuil tú ceart go leor, a dhuine uasail?" a d'fhiafraigh sé.

Thug Burke comhartha dó dul ar aghaidh.

"Tá mé go maith," arsa Burke. "Mhothaigh mé beagáinín lag, sin an méid."

Bhí droim Elsie Warden casta leis, anois.

"Tá brón orm, a iníon," arsa Burke. "Tá súil agam nár ghortaigh mé thú?"

Chroith Elsie a ceann. Thug sí aghaidh air. Cheap Burke go raibh cuma níos liatha uirthi ná cheana. Bhí a lámha fillte os comhair a cléibh.

"Níor ghortaigh," a dúirt sí.

Bhí an triúr fear ag éirí chun imeachta. Chuaigh Bean Warden leo go dtí an doras.

Is fear drochmhúinte tú," a dúirt sí le Burke. "Cloisfidh m'fhear céile faoi seo."

"Níl dabht ar bith agam faoi sin," a d'fhreagair sé. "Dá mbeinn i do bhrógasa thabharfainn aire do m'iníon. Níl cuma rómhaith uirthi."

Níor dhúirt sé aon rud le Stokes nó Waters agus iad ag tiomáint ar ais go dtí an sráidbhaile. Ina ionad sin bhí sé ag smaoineamh ar Elsie Warden. Chonaic sé arís an phian a rith trasna ar a haghaidh nuair a thit sé i gcoinne a coirp.

Agus chonaic sé braonta úra fola ar a blús a bhí beagnach ceilte ag a lámha fillte.

A Seacht

Chuir siad Mal Trevors sa reilig an lá
ina dhiaidh sin. Tháinig a lán daoine go
dtí an tsochraid. Ní raibh meas ag
daoine air ach thug an tsochraid an
deis dóibh buaileadh agus labhairt lena
chéile. Sheas Burke in aice leis an uaigh
úr ag féachaint orthu go léir. Bhí
muintir Warden ansin. Chuir na fir in
iúl do Bhurke faoin gcaoi a raibh siad
ag féachaint air nár thaitin sé leo. Ach
d'fhan siad amach uaidh. Bhí muintir
Allinson ansin freisin agus muintir
Paxton. Chonaic Burke Emily Allinson

ag imeacht óna fear céile. Shiúil sí a
fhad le balla na reilige. Stán sí thar na
páirceanna ar an áit a bhfuair Mal
Trevors bás. Dúirt sí cúpla focal le
hElsie Warden agus í ag dul thairsti.
Ansin d'fhéach an bheirt bhan ar
Bhurke ar feadh nóiméid. Thosaigh
siad ag gáire. Ansin chuaigh Elsie ar a
bealach. Rinne Bean Paxton iarracht
coinneáil amach ón mbeirt acu. Ach
chuaigh Bean Allinson chuici agus
chuir sí lámh ar a uilleann. Choimeád
lámh Bhean Allinson Bean Paxton san
áit ina raibh sí. Ansin chrom Bean
Allinson síos chun labhairt léi.

"Cad a cheapann tú faoi sin, a
dhuine uasail," a d'fhiafraigh Stokes.

"Beannacht bheag chairdiúil,
b'fhéidir?"

"Ní fhéachann sé rócháirdiúil
domsa."

"Ní fhéachann, b'fhéidir gur cheart
dúinn labhairt le Bean Paxton arís."

Faoin am seo bhí an Dr Allinson tagtha in éineacht leo.

"Aon dul chun cinn?" a d'fhiafraigh sé.

"Go stuama," a dúirt Burke. Mhothaigh sé ciontacht éigin nuair a chuimhnigh sé ar an mbrionglóid a bhí aige faoi bhean an dochtúra.

"Cloisim gur chorraigh tú muintir Warden chun feirge."

"Bhí siad ag insint do dhaoine faoinár gcuairt?

"Níor labhair an mháthair faoi mhórán eile. Is dócha go gceapann sí go bhfuil tú drochbhéasach. Deir sí go gcaithfidh duine éigin ceacht a mhúineadh duit. Bheinn cúramach, dá mbeinn i do bhróga, a Chigire."

"Tá Stokes anseo agam chun féachaint amach dom," a dúirt Burke. "Fágann sé mé saor chun féachaint ar dhaoine eile."

Chuir Allinson straois air féin. "Go maith. Ní theastaíonn uaim a bheith i do dhochtúir chomh maith."

"Inis dom," arsa Burke. "An bhfuil eolas éigin ag do bhean faoi chúrsaí leighis?"

"Bíonn an scéal amhlaidh lena lán de mhná céile dochtúirí. Tá mo bhean chéile traenáilte mar chnámhsaí. Tá scileanna eile aici freisin. Tá eolas aici ar cad atá le déanamh in am éigeandála."

"Tá an t-ádh le mná an tsráidbhaile go bhfuil sí acu, ansin," a dúirt Burke. "An-ádh ar fad."

Níor chuir an chuid eile den lá mórán lena raibh ar eolas acu cheana. Labhair siad leis na daoine a bhí ag an teach tábhairne an oíche a fuair Mal Trevors bás. Labhair siad freisin le daoine nach

raibh ansin. Is beag duine a dúirt rud
maith faoin bhfear marbh. Ag deireadh
an lae ní raibh siad níos cóngaraí do
mharfóir a fháil. Chuaigh Burke agus
Stokes ar ais go dtí an teach tábhairne.
Dúirt Burke rud éigin lena sháirsint i
gcogar agus ansin chuaigh sé go dtí a
sheomra féin. D'fhan sé ansin an chuid
eile den tráthnóna.

Le himeacht ama caithfidh sé gur
thit sé ina chodladh. Bhí an seomra
níos dorcha nuair a d'oscail sé a shúile.
Bhí an teach tábhairne ciúin. Ní raibh
sé cinnte fiú cén fáth ar dhúisigh sé.
Ansin chuala sé guthanna ag labhairt
taobh amuigh den fhuinneog. D'fhág
Burke a leaba agus shiúil sé go dtí an
fhuinneog. Bhí beirt bhan ina seasamh
ar an gclós thíos. Chonaic sé aghaidh
Emily Allinson agus aghaidh Bhean
Paxton sa solas íseal. Bhí cuma ar an
scéal go raibh na mná ag argóint.
Chonaic Burke Bean Allinson ag

síneadh a méire chuig an mbean eile,
bhí Bean Paxton níos lú agus bhí a
gruaig níos dorcha. Níor chuala Burke
a gcuid focal. Chas Bean Allinson agus
shiúil sí ar aghaidh. Nóiméad ina
dhiaidh sin lean Bean Paxton. Faoin
am sin bhí Burke ar a bhealach síos an
staighre. D'fhág sé an teach tábhairne
agus lean sé an bheirt bhan. Thóg siad
an bóthar a lean amach as an
sráidbhaile. Bhí siad ag dul i dtreo
theach mhuintir Paxton. Chomh luath
agus a tháinig Bean Paxton suas le
Bean Allinson d'fhág siad an bóthar
agus shiúil siad trasna na bpáirceanna.
Bhí cuma ar an scéal go raibh siad ag
dul i dtreo na háite a fuair Mal Trevors
bás. Ansin chonaic Burke iad ag oscailt
geata agus ag casadh i dtreo na reilige.
Choimeád an cigire é féin i bhfolach
chomh maith agus a bhí sé ábalta. Bhí
scamaill ag clúdach na gealaí agus
chabhraigh siad leis an gcigire. Bhí

Burke beagnach ag an ngeata nuair a stad na mná agus chas siad chun aghaidh a thabhairt air.

"Fáilte romhat, a Chigire," a dúirt Bean Allinson. Ní raibh ionadh le feiceáil uirthi go bhfaca sí é. Chun an fhírinne a rá cheap Burke go raibh sí sásta é a fheiceáil. Bhí a fhios aige ansin gur mheall siad ansin é d'aon turas. Níor dhúirt Bean Paxton aon rud. Choimeád sí a ceann síos. Níor fhéach sí fiú ina threo.

Chuala Burke coiscéimeanna taobh thiar de. Chas sé timpeall chun Elsie Warden a fheiceáil. Bhí sí ag siúl go mall tríd an bhféar. Chuimil a lámha barr na bhfiailí agus í ag siúl. Stop sí nuair a bhí sí timpeall fiche troigh uaidh. Is é Bean Paxton an chéad duine eile a ghluais. Ghluais sí níos faide amach ó Bhean Allinson. Chruthaigh an triúr ban triantán agus bhí Burke sa lár.

"Ar chuir sibh deireadh le Mal Trevors mar seo?" a d'fhiafraigh sé.

"Níor chuireamar lámh ar Mhal Trevors," a dúirt Bean Allinson.

"Ní raibh orainn é a dhéanamh," a dúirt Elsie.

Rinne Burke iarracht leanúint ag casadh. Bhí beirt de na mná faoina radharc an t-am ar fad. Bhí súil aige go mbeadh sé tapa go leor chun ionsaí ón tríú bean a chosc.

"Tá créachtaí ar do chliabh, a Bhean Warden," arsa Burke.

"Agus ar chraiceann mo chinn," a dúirt sí. "Throid sé ar ais. Bhí Mal tapa i gcónaí lena lámha.

"D'ionsaigh tú é mar sin?"

"Ar shlí." Bean Allinson a bhí ag caint.

"Ní thuigim."

"Ó," a dúirt Bean Allinson. "Ach tuigfidh tú ar ball."

Mhothaigh Burke an talamh ag bogadh faoina chosa. Léim sé ar ais

mar bhí eagla air go dtitfeadh sé isteach
i bpoll éigin. Ansin taobh le balla na
reilige scaoileadh píosaí cloiche troigh
suas san aer. D'fhág siad trí pholl
mhóra san áit ina raibh siad. Chuala
Burke glam cosúil le gaoth ag séideadh
trí thollán. Ansin scríob rud éigin a
aghaidh. D'fhág an rud créachtaí
trasna a leicne agus a shróine.
D'ardaigh sé a lámh chun é féin a
chosaint. Ach stróic crúba dofheicthe
aghaidh a chóta. Mhothaigh sé boladh
drochanála. Cheap sé go bhfaca sé
crithloinnir bheag san aer cosúil le teas
ag éirí ó thalamh Samhraidh. Go mall
d'éirigh an chrithloinnir níos soiléire.
Chonaic Burke gruaig fhada dhorcha
agus cruth cíoch agus cromán

Anois bhí Burke ábalta rud éigin a
fheiceáil agus bhuail sé buille. Réab sé
a dhorn isteach sa neach a bhí os a
chomhair. Stop a dhorn ar feadh
nóiméid agus ansin chuaigh sé caol

díreach tríd an neach. Chonaic sé
ceann Emily Allinson ag sracadh ar ais.
Dhoirt fuil óna srón. Rinne Burke
iarracht buille a bualadh arís. Ach sula
raibh seans aige é a dhéanamh fuair sé
buille ó thaobh thiar. Scoilt an buille
craiceann a chinn. Mhothaigh sé rud
éigin te fliuch ar a mhuineál. Rinne sé
iarracht éirí. Tarraingíodh a lámh dheis
uaidh agus cuireadh í san aer le brú.
Rith pian ghéar trína mhéara. Bhí
marcanna   fiacla   le   feiceáil   ar
chraiceann a ailtíní. Thall ag an gclaí
chonaic sé Elsie Warden ag meilt a cuid
fiacla. Chroith Elsie a ceann go dian.

Mhéadaigh an phian i méara
Bhurke. Ansin stróiceadh trí mhéar ó
lámh Bhurke. Dhún sé a shúile.
D'ullmhaigh sé le bás a fháil.

Chuala sé torann ard áit éigin sa
dorchadas. Bhí sé cosúil le hurchar
gunna. Ansin dúirt guth, "Is leor sin,
anois."

Bhí caipíní a shúl trom tuirseach.
Bhí fuil ag teacht óna cheann nuair a
d'oscail sé iad sa deireadh. Bhí an
Sáirsint Stokes ina sheasamh ag balla
na reilige. Bhí gunna gráin ina lámh
aige.

Ní raibh aon deifir dhamanta ort, a
smaoinigh Burke.

D'airigh sé an crithloinnir san aer
arís eile. Bhí cruth mná air fós.
Chuaigh an cruth síos ar a ghogaide ar
an talamh i dtreo an tSáirsint Stokes.
Rinne Burke iarracht rabhadh a
thabhairt dó ach níor tháinig focal ar
bith amach. Ina ionad, rug rud éigin
ar ghruaig chúl a chinn féin agus
tharraing an rud an ghruaig siar.
Mhothaigh Burke fiacla ar a mhuineál.

Chonaic Stokes an cruth nuair a bhí
sé beagnach chomh fada leis. Chas sé
an gunna gráin timpeall go tapa agus
scaoil sé.

Ar feadh nóiméid níor tharla aon rud. Ansin go mall d'oscail béal Emily Allinson. Dhoirt fuil as. Bhí sí ag luascadh ar a cosa. D'éirigh aghaidh a ghúna dorcha le fuil. Chuala Burke scread a cheap sé a tháinig ón talamh faoi. Rinne Elsie Warden macalla de ansin. Ansin ní raibh rud ar bith ag tarraingt ar a chuid gruaige agus thit sé go talamh. Mhothaigh sé ualach ar a dhroim mar a bhain cruth dofheicthe úsáid as a dhroim mar chéim chloiche. Shín lámh chlé Bhurke amach agus thóg sé carraig ón talamh. Leis an gcuid deireanach dá neart d'éirigh sé agus chaith sé an charraig le cruth a bhí ag gluaiseacht trasna an fhéir. Bhuail an chloch an sprioc. Taobh thiar de, scoilt rud éigin blaosc Elsie Warden. Chuaigh a súile ar ais ina ceann agus thit sí síos marbh.

Bhí Stokes ag rith ina treo anois.

D'athlódáil sé an gunna gráin agus é ag teacht. Bhí sé ag féachaint ar Bhean Paxton. Bhí a haghaidh líonta le huafás agus le déistin. Chas sí uathu agus rith sí trasna na bpáirceanna. Bhéic Stokes ina diaidh ag tabhairt rabhaidh di stopadh.

"Lig di imeacht," a dúirt Burke. "Tá a fhios againn cén áit ar féidir linn í a fháil."

Agus ansin thit sé siar ar an talamh agus é gan aithne gan urlabhra.

A hOcht

Tháinig an samhradh agus d'éirigh na sráideanna geal.

Bhuail an bheirt fhear le chéile ag beár in aice le Paddington. Ní fhaca siad a chéile le míonna. Bhí an tráthnóna ciúin. Bhí lucht an óil ag am lóin imithe. Ní raibh slua na hoíche tagtha fós. Bhí fear amháin níos óige agus níos tanaí ná an fear eile. Chaith sé lámhainn ar a lámh dheis. Chuir an fear eile dhá dheoch beorach ar an mbord rompu. Ansin thóg sé suíochán i gcoinne an bhalla.

"Conas atá an lámh, a dhuine uasail?" a d'fhiafraigh Stokes.

"Cuireann an phian isteach orm beagáinín, fós," a dúirt Burke. "Tá sé ait. Is féidir liom barra mo mhéar a mhothú cé nach bhfuil siad ann a thuilleadh. Ait, nach gceapann tú?"

Chroith Stokes é féin. "Chun na fírinne a insint níl a fhios agam a thuilleadh cad é atá ait nó cad é nach bhfuil."

D'ardaigh sé a ghloine agus thóg sé sop fada.

"Ní gá duit 'a dhuine uasail' a thabhairt orm níos mó, tá a fhios agat," arsa Burke.

"Ní cheapaim go bhfuil sé nádúrtha aon rud eile a thabhairt ort, a dhuine uasail," a dúirt Stokes. "Braithim uaim 'Sáirsint' á ghlaoch orm, áfach. Táim ag iarraidh an bhean seo agamsa a mhealladh chun 'Sáirsint' a thabhairt orm, ionas go mbeidh mé in ann é a chloisteáil arís. Ní dhéanfaidh sí é."

"Conas atá an banc?"

"Ciúin," a dúirt sé. "Is cuma liom faoi, dáiríre. Mar sin féin, coimeádann sé gnóthach mé. Cabhraíonn an t-airgead."

"Sea, táim cinnte go gcabhraíonn."

Bhí siad ina dtost go dtí gur dhúirt Stokes; "An gceapann tú fós go ndearnamar an rud ceart, gan a insint dóibh cad a chonaiceamar?"

"Ceapaim" arsa Burke. "Ní chreidfeadh siad muid fiú agus an fhírinne á insint againn. Bhí m'fhuil agus mo chraiceann faoi ingne Bhean Allinson. Mheaitseáil na marcanna ó na greimeanna a fuair mé ar mo lámh na cinn ar Elsie Warden. D'ionsaigh siad mé. Sin an rud a dúirt an fhianaise. An féidir linne dul i gcoinne na fianaise?"

"Mharaíomar mná gan airm chosanta," a dúirt Stokes. "Ceapaim nach raibh aon rogha acu nuair a chuir siad iallach orainn an fórsa a fhágáil"

"Ní dóigh liom go raibh."

D'fhéach Burke ar an iarsháirsint. Leag sé a lámh mhaith ar lámh an fhir eile.

"Ach ná déan dearmad: níor mharaigh tú bean riamh. Níor scaoil tú urchar ar bhean riamh agus níor bhuail mise bean riamh. Bímis soiléir faoi sin."

D'aontaigh Stokes.

"Cloisim gur lig siad an bhean sin Paxton saor," a dúirt sé.

"Thug sí tacaíocht dár scéal. Gan í bheadh sé níos déine orainn."

"Ní fheictear go bhfuil sé ceart, áfach."

"Ba mhian léi go bhfaigheadh fear bás. Ní cheapaim gur shíl sí go bhfaigheadh sí an mhian sin. Bhí sí leis na mná eile ach ní dhearna sí dada. Ní féidir linn dada a chruthú ar aon nós."

Thóg Stokes braon eile óna ghloine.

"Agus an fear bocht sin, Allinson."

"Sea," arsa Burke. "Allinson bocht." Chuir an dochtúir lámh ina bhás féin tar éis bhás a mhná céile. Ní dhearna sé iarracht riamh an milleán a chur ar Stokes ná ar Bhurke as an bpáirt a bhí acu ina marú.

Chaith Burke an chuid is mó dá chuid ama ag smaoineamh ar an oíche sin. Bhí níos mó eolais anois aige faoi Chailleacha Underbury agus a gceannaire Ellen Drury, a bhí ag dó fad a bhí sí á crochadh. Seilbh ainspioraid, téarma a bhain Burke úsáid as uair amháin; freagra amháin a bhí ansin ar gach rud a tharla. Chonacthas nár leor é do Bhurke. Chreid sé ina chroí istigh gur tháinig an t-ionsaí air ó thaobh istigh den triúr ban chomh maith agus níorbh fhórsa ó thaobh amuigh é amháin.

Chríochnaigh siad na deochanna a bhí os a gcomhair agus ansin chuaigh siad a mbealaí féin. Gheall siad go gcasfadh siad ar a chéile arís ach bhí a fhios acu nach dtarlódh sé. Shiúil Burke i dtreo Pháirc Hyde. Stop Stokes chun bláthanna a cheannach dá bhean chéile. Ní fhaca ceachtar acu bean bheag na gruaige duibhe a bhí ina seasamh faoi scáth lána in aice láimhe. Choimeád sí súil ghéar orthu. Bhí crithloinnir san aer timpeall uirthi. Bhí boladh lag feola rósta ann.

Rinne Bean Paxton an rogha.

Go mall, lean sí Burke go dtí an Páirc.